LAS CA
Joh

© John H. Watson, 2024

Sherlock Holmes, Watson, Lestrade, Mycroft Holmes, la señora Hudson y los Irregulares de Baker Street son personajes creados por Arthur Conan Doyle (1859-1930), que se encuentran en dominio público desde enero de 2023, momento además en el que se anuló la vigencia de la marca «Sherlock Holmes».

Esta historia ha sido inscrita en el Registro de la Propiedad Intelectual. Se prohíbe su uso sin autorización. El plagio supondrá el emprendimiento de acciones legales contra el infractor.

Todos los derechos reservados.

Más allá de la inspiración que hago constar en la dedicatoria, cualquier parecido con personajes reales o imaginarios es pura coincidencia, incluido el de la persona a quien le dedico esta historia, cuyas características, circunstancias vitales y forma de ser nada tienen que ver con el personaje de la novela.

Tabla de Contenido

La carta de lady Vanessa Garrick..1
La llegada a la mansión Garrick 7
La segunda muerte..13
Revelaciones sobre la familia 19
La leyenda de las cajas 25
La tercera caja 31
Descubrimientos...37
La confesión..43
La despedida de Vanessa...51

Dedicado a Vanesa García Aragonés

La carta de lady Vanessa Garrick

Era una mañana típica en Baker Street, una de esas en las que la neblina londinense se infiltraba en cada rincón envolviendo la ciudad en un halo gris. Sherlock Holmes, como era tan habitual, se encontraba en su sillón absorto en sus más insondables pensamientos y yo me dedicaba a leer el periódico con la esperanza de descubrir alguna noticia que pudiera llamar su atención, si bien nada en las páginas del diario se asemejaba a los misterios que mi amigo perseguía con tanto fervor.

Fue entonces cuando llegó la carta. Un mensajero tocó la puerta y, al abrirla, recibí un sobre con un sello de cera en el que estaba grabada la letra «G». Aquella inicial me resultaba vagamente familiar, aunque no pude identificarla de inmediato. Tomé el sobre, observando el trazo elegante pero a la vez algo titubeante de quien había escrito mi nombre en él.

Cuando rompí el sello, desdoblé la carta y leí la firma que figuraba al pie de la misma, quedé paralizado por un instante.

Lady Vanessa Garrick.

Vanessa y yo nos habíamos conocido años atrás, en mis días de servicio en Afganistán, cuando fui asignado temporalmente al cuerpo médico de una unidad en la que su padre, un oficial inglés, se encontraba destacado. Su belleza había sido el centro de muchas conversaciones entre los soldados: rubia con unos ojos a medio camino entre el gris y el marrón, su elegancia natural recordaba a una flor en un campo yermo.

Era imposible ignorar su presencia. Sus modales eran refinados y su bondad la hacía acercarse a nosotros, los soldados, con una simpatía poco común. En aquellos días, yo aún no conocía a Mary Morstan, la que sería mi esposa y la mujer que más amé, pero Vanessa, con su aire de misterio y esa serenidad inquietante en su mirada, había provocado en mí una profunda impresión al igual que en los corazones de muchos otros.

Durante años, había perdido todo contacto con ella, pero ahora su letra desesperada llenaba las líneas de la carta que sostenía entre mis manos.

Mi querido doctor Watson. Lamento profundamente dirigirme a usted en estas circunstancias, pero temo que me encuentro en una situación para la que no tengo otro recurso. Necesito de su ayuda, o más bien, de la ayuda de su distinguido amigo, el señor Sherlock Holmes. Temo que algo oscuro se cierne sobre mi familia.

La carta continuaba explicando su situación. Su sobrina Emily había fallecido en circunstancias que a primera vista parecían naturales, pero un detalle extraño había desatado sus sospechas: junto al cuerpo de la joven se había encontrado una pequeña caja de marfil tallada con símbolos extraños, un objeto que ella nunca había visto antes en la casa, lo que le hacía temer que la muerte de Emily no fuera una simple coincidencia, sino el inicio de algo mucho más perturbador.

La misiva finalizaba con un ruego que destilaba sinceridad y angustia: *Le suplico, doctor Watson, que acuda en mi ayuda. Por favor, convenza al señor Holmes de que venga a nuestra mansión y acompáñelo usted también. Tengo la certeza de que solo ustedes dos podrán descubrir la verdad de lo que aquí ocurre.*

Después de leer la carta, me quedé en silencio unos instantes. Mi mente retrocedió a aquellos días en Afganistán y, por un instante, volví a acordarme del rostro de Vanessa, tan diferente al de Mary, pero con una fuerza y belleza que nunca había olvidado. Me sentí obligado a responder a su llamada de auxilio, aunque ello significara arrastrar a Holmes a una situación que él probablemente juzgaría como una mera superchería propia de la aristocracia.

Holmes, que no había apartado la vista de mí en todo ese tiempo, tomó la carta de mis manos y la leyó con atención. Cuando terminó, dejó el papel sobre la mesa y me miró con una expresión de ligera curiosidad.

—Lady Vanessa Garrick —dijo en tono neutro, como quien repite el nombre de alguien desconocido.

—La conocí en Afganistán —expliqué, sintiendo que era necesario justificar mi urgencia—. Es una mujer excepcional, Holmes. Intuyo que su situación es desesperada y, créame, ella no se dejaría llevar por supersticiones sin fundamento. Si nos ha escrito es porque está realmente aterrada y, además, conociéndola, sé que no es fácil para ella enfrentarse a su esposo en un asunto así.

Holmes alzó una ceja, visiblemente entretenido por mi insistencia.

—Comprendo, Watson. Y he de decir que la carta, aunque dramática, plantea un elemento intrigante: la caja de marfil. ¿Qué papel juega en todo esto si es que tiene algo que ver? ¿Cómo podría algo tan pequeño estar relacionado con la muerte de una persona?

—¿Entonces aceptará el caso?

Holmes se reclinó en su sillón, acariciando su barbilla con los dedos.

—No hay ningún caso, mi querido Watson —repuso—. Lo único que tenemos es una carta en la que una vieja amiga suya le pide que acuda a verla ante la impresión de que hay algo extraño en torno a la muerte de su sobrina, si bien reconózcame que sus sospechas podrían ser infundadas.

—¡Le aseguro, Holmes, que la Vanessa Garrick que yo conocí jamás se habría inventado nada que no fuera verdad! Me jugaría el cuello a que no va desencaminada en lo que piensa —protesté airado—. Además, si ahora no estamos haciendo nada ni tenemos nada entre manos, ¿qué nos cuesta acercarnos por allí para comprobar si está o no en lo cierto?

Holmes me miró con expresión divertida. Sabía que a su poderosa intuición no le costaría darse cuenta de que, desde que había leído la carta y había descubierto quién me la había mandado, me encontraba desesperado por volverla a ver y de que cualquier motivo me habría parecido más que suficiente para acudir ante ella.

—Es cierto que la caja añade una singularidad al caso que resulta difícil de ignorar —respondió, sin comprometerse aún del todo—. Es una pista peculiar y en casos como este la singularidad es casi siempre un indicio de algo más profundo.

Me quedé esperando a que continuara hablando

—Entonces, ¿vamos a ir? —le pregunté con cierta ansiedad al ver que se había quedado mudo.

Holmes se levantó y, tras unos segundos de reflexión, asintió con un leve suspiro.

—Como usted dice, mi querido amigo, la verdad es que ahora mismo no tenemos otra cosa que hacer. Con todo, siendo justo con usted, la historia que nos cuenta esta mujer parece encerrar más de lo que muestra a simple vista y no puedo negar que el caso ha despertado mi curiosidad. Prepare su maleta, Watson. Partiremos a la mansión de los Garrick cuanto antes.

Al escuchar sus palabras, sentí un alivio inexplicable. Había algo en la carta de Vanessa que me decía que detrás de su súplica había un temor real y, aunque Holmes se mostrara escéptico, yo confiaba en que mi amigo descubriría la verdad, como siempre lo hacía. Por otro lado, insisto en que nada me apetecía más en aquellos momentos que volverla a ver.

Mientras subía las escaleras para hacer las maletas, pensé en los motivos ocultos que podrían haberse entrelazado en la vida de Vanessa y en las sombras que se cernían sobre la familia Garrick. ¿Cuál sería el significado de aquella enigmática caja de marfil? En aquel momento, no sabía que las respuestas a esas preguntas no solo pondrían a prueba las habilidades deductivas de Holmes, sino también mis propias creencias y límites entre lo racional y lo sobrenatural.

La llegada a la mansión Garrick

El viaje hacia la mansión de los Garrick fue largo. A medida que el tren avanzaba, el paisaje se tornaba cada vez más desolado y una sensación de inquietud empezó a apoderarse de mí. A través de la ventanilla, el cielo gris parecía empeñado en reflejar el oscuro propósito de nuestra visita y un viento gélido azotaba las copas de los árboles en el horizonte. Holmes permanecía en silencio, absorto en sus pensamientos y con los ojos fijos en la distancia.

Finalmente, el tren se detuvo en una pequeña estación casi abandonada, donde un carruaje nos aguardaba. El cochero, un hombre encorvado y de aspecto sombrío, nos saludó con un leve asentimiento y nos indicó que subiéramos. Apenas intercambiamos palabras durante el trayecto, ya que parecía más concentrado en la carretera, sinuosa y cada vez más cubierta de maleza, que en ofrecer una bienvenida cálida.

Cuando al fin llegamos, la mansión de los Garrick se alzó ante nosotros con toda su imponente y siniestra presencia. Era un edificio de piedra oscura, coronado con torretas y balcones que parecían a punto de desplomarse. Los jardines, que alguna vez debieron de ser majestuosos, estaban descuidados y las sombras de los árboles se extendían como garras sobre el camino.

La casa, envuelta en la neblina de la tarde, parecía una criatura dormida, acechante, llena de secretos que resistían la luz del día.

Al descender del carruaje, nos recibió un viento frío y húmedo. Observé a Holmes, quien, lejos de mostrarse intimidado, exhibía su característica porte de entusiasmo silencioso ante lo desconocido.

Fue la misma Vanessa la que nos recibió en la entrada y, al verla, me sorprendió lo poco que había cambiado desde la última vez que la vi. Aunque ahora llevaba un vestido negro que resaltaba la palidez de su piel y sus ojos mostraban una tristeza que no recordaba, su belleza seguía siendo la de aquellos días en Afganistán: su cabello rubio caía con gracia sobre sus hombros y su porte elegante irradiaba una dignidad que las sombras de la mansión no podían opacar. Me recordó a Mary en los tiempos felices, aunque también me pareció que sus facciones se esforzaban por disimular una sensación general de temor.

—Mi querido doctor, es un gran consuelo verle de nuevo —dijo con voz suave.

Le estreché la mano. Ella me sostuvo la mirada por un breve instante y en sus ojos vislumbré la carga que la había llevado a escribir aquella carta de socorro porque, en definitiva y aunque mi amigo tuviera sus dudas, eso es lo que era.

—Y usted debe de ser el señor Sherlock Holmes —añadió, dirigiéndose a mi compañero con una ligera inclinación de cabeza.

Holmes, siempre cortés y preciso, inclinó la cabeza en un gesto respetuoso.

—A su servicio, lady Vanessa. El doctor Watson me ha hablado de usted y debo decir que su carta fue más que suficiente para despertar mi interés. ¿Podemos comenzar de inmediato?

Antes de que Lady Vanessa pudiera responder, una figura apareció en el umbral de la puerta. Era un hombre de mediana edad, de aspecto severo y rostro enjuto, con unos ojos fríos y calculadores que nos examinaron de arriba abajo. No fue necesario que me lo presentaran. Aquel no podía ser otro más que sir Edward Garrick.

—Así que ustedes son los detectives que mi esposa ha insistido en traer —dijo sin preámbulos, con un tono de voz que denotaba desdén más que cortesía—. Espero que su presencia aquí no sea más que una formalidad. No necesitamos crear más problemas de los que ya tenemos.

Holmes le dedicó una leve sonrisa, imperceptible para cualquiera que no le conociera como yo.

—La verdad, sir Edward, es que su esposa nos ha pedido ayuda para esclarecer ciertas dudas que parecen inquietarla. Estoy aquí únicamente para observar y, en la medida de lo posible, aclarar lo que pueda causarle preocupación a ella, que es la que nos ha escrito para invitarnos a venir. Mis servicios, en caso de que sean necesarios, se limitarán a eso, esto es, a buscar la verdad.

Sir Edward no respondió de inmediato. En lugar de eso, desvió la mirada hacia su esposa, lanzándole una mirada fría y silenciosa que no pasó desapercibida para ninguno de los presentes. Vanessa permaneció firme, aunque noté un leve temblor en sus manos, como si aquel gesto hubiera desatado en ella recuerdos de discusiones anteriores.

—Por aquí, por favor —dijo finalmente, invitándonos a seguirla al interior de la mansión.

Cruzamos el umbral y entramos en un vasto vestíbulo. La oscuridad de los muebles y el tapiz, las gruesas cortinas que apenas dejaban pasar la luz y el eco sordo de nuestros pasos sobre el suelo de mármol daban a la casa un aire de solemnidad, como si el mismo edificio compartiera el luto de sus habitantes. Las paredes estaban decoradas con cuadros de antepasados de la familia Garrick. En su mayoría, se trataba de rostros de mirada severa, como si aquellos retratos velaran eternamente la casa y sus secretos.

Mientras avanzábamos, apareció una figura más joven, un hombre de unos veintitantos años, con el cabello desordenado y expresión curiosa. Su presencia era una bienvenida calurosa que marcaba la diferencia en aquel entorno opresivo. Tenía una mirada viva, aunque sus ojos parecían reflejar cierta tristeza. Vanessa nos lo presentó.

—Este es Henry Garrick, el hermano de Emily —explicó—. Henry, estos caballeros han venido a ayudarnos a entender lo ocurrido.

Henry nos estrechó la mano con educación, aunque sus ojos se posaron con interés en Sherlock Holmes.

—Señor Holmes, he leído acerca de sus casos. Me fascina la precisión con la que deduce cada detalle de una escena. Si le digo la verdad, no esperaba que viniera usted en persona —comentó con una mezcla de admiración y respeto.

Mi amigo sonrió ligeramente, reconociendo el halago y observando detenidamente a Henry durante unos instantes. Parecía analizar cada uno de sus gestos, como si ya estuviera extrayendo sus propias conclusiones sobre el joven.

Vanessa nos condujo a un salón apartado que tenía una decoración mucho más sobria. Allí, sobre una pequeña mesa cubierta por un mantel oscuro, descansaba la caja de marfil que ella había mencionado en su carta. Era un objeto pequeño, de apariencia delicada, si bien algo en su diseño resultaba perturbador.

Holmes se acercó a la caja y la observó con detenimiento. Las tallas en el marfil representaban figuras extrañas, casi irreconocibles, que parecían moverse en una danza macabra. Eran figuras humanas o al menos lo parecían, aunque sus extremidades estaban torcidas en posiciones antinaturales, como si se tratara de algún tipo de ritual desconocido.

—Es... fascinante, ¿verdad? —susurró ella sin poder apartar la mirada de la caja.

Holmes asintió, tocando suavemente la superficie de marfil con sus dedos.

—Sí, sin duda es un objeto peculiar. Estas tallas me recuerdan a ciertas esculturas rituales africanas que he visto en algunas colecciones privadas, aunque debo decir que nunca he visto nada tan detallado. ¿Dice usted que esto fue hallado junto al cuerpo de Emily?

Vanessa asintió.

—Así es. Cuando la encontramos, la caja estaba en el suelo, junto a ella. Nadie en la casa la había visto antes; es como si hubiera aparecido de la nada.

Holmes continuó examinando el objeto en silencio, absorto en sus pensamientos. Sabía que cada uno de aquellos detalles, cada línea en el marfil y cada expresión en los rostros tallados estaba siendo grabado por él en su privilegiada mente, si bien, para mí, por el momento nada significaba nada.

Mientras tanto, sir Edward, que hasta entonces había guardado silencio, habló con frialdad.

—Señor Holmes, no quiero que parezca que le recibo con hostilidad o que no quiero que usted y el doctor Watson estén aquí. Todo lo contrario, si han sido ustedes invitados por mi esposa, sean bienvenidos. Con todo, no creo que este objeto tenga nada que ver con la tragedia. Es una pieza antigua, traída por mi padre desde África. Mi esposa insiste en que hay algo más detrás de esta muerte, pero le aseguro que no es más que una superstición absurda. Es imposible que una simple caja tenga nada que ver con la muerte de la pobre Emily.

Holmes levantó la mirada y lo observó detenidamente.

—Le agradezco sus palabras, sir Edward, y me alegro de que no nos perciba como intrusos ni como enemigos. No lo somos, créame. Con respecto a lo que dice, creo que es prudente que consideremos todas las posibilidades. A veces, los objetos cuentan historias que no se revelan a simple vista.

Sir Edward se encogió de hombros sin decir nada. Vanessa, en cambio, pareció sentirse aliviada por la respuesta de Holmes, como si encontrar en él un aliado le proporcionara un respiro en medio de aquella situación.

—Reitero, señores —recalcó sir Edward Garrick—. Sean bienvenidos.

La segunda muerte

La primera noche en la mansión Garrick fue bastante inquietante. Después de nuestra llegada y de la revelación de la caja de marfil, Holmes y yo habíamos disfrutado de una cena con la familia, silenciosa y lúgubre a más no poder. Sir Edward, aduciendo que estaba desganado, apenas tocó su comida, mientras que Vanessa, con quien crucé varias miradas, parecía perdida en sus propios pensamientos. Por su parte, Henry, el hermano de Emily, mantenía una expresión solemne y, en ocasiones, parecía observar a su alrededor con nerviosismo, como si algo en el ambiente de la mansión le provocara una sensación de peligro inminente.

Tras la cena, Vanessa nos condujo a nuestras habitaciones. La mía estaba ubicada al final de un largo pasillo, con una ventana que daba al jardín y a través de la cual podía distinguir la figura de un gran roble que se erguía como un centinela en la oscuridad. Holmes y yo nos despedimos con un leve asentimiento y me acomodé en la cama, intentando dormir.

Me costó bastante al principio. Mis pensamientos regresaban una y otra vez a la caja de marfil y a la trágica muerte de Emily. ¿Cómo podía un objeto tan pequeño estar vinculado a un desenlace tan fatal? El rostro de Holmes, serio y concentrado durante su inspección de la caja, se me aparecía en la mente. Sabía que él estaba tan intrigado como yo, aunque aún no hubiera compartido sus deducciones. Cerré los ojos y, poco a poco, el cansancio comenzó a vencerme. Sin embargo, no mucho tiempo después, el silencio de aquella noche fue roto por un grito desgarrador.

Me senté de un salto en la cama, con el corazón martilleando en el pecho. Escuché pasos apresurados en el pasillo, seguidos de murmullos y voces de angustia. Instintivamente, me puse una bata y salí de mi habitación para encontrarme con Holmes, quien también había acudido al lugar de procedencia del grito.

—¡Por aquí! —exclamó Henry, quien apareció al final del pasillo, agitando una lámpara para indicarnos la dirección.

Lo seguimos, hasta que llegamos a una pequeña puerta en el ala de los sirvientes. Allí, en el suelo, yacía el cuerpo sin vida de uno de los empleados de la casa, un joven cuyo rostro estaba pálido y en el que se marcaba una expresión de terror, con los ojos abiertos de par en par, como si su último momento en este mundo hubiese sido la percepción de una visión espantosa. Una mano descansaba sobre su pecho, mientras que la otra apuntaba al suelo, donde reposaba una segunda caja de marfil, idéntica a la que había sido hallada junto al cuerpo de Emily.

—¡Santo Dios! —exclamé, sintiendo un escalofrío recorrerme de pies a cabeza—. Holmes, ¿es posible que...?

Mi amigo no respondió de inmediato. En lugar de eso, se arrodilló junto al cuerpo, examinando cada detalle con la meticulosidad que le caracterizaba. Tomó la caja de marfil, la giró entre sus dedos y observó con atención las tallas y símbolos que la adornaban. Era idéntica a la primera, una réplica exacta que, de alguna manera, parecía conectar esta segunda muerte con la de Emily.

Sir Edward apareció en la escena poco después, con una expresión severa y despectiva.

—¿Qué ocurre aquí? —demandó en un tono de voz que denotaba más irritación que sorpresa—. ¿Por qué hay tanto alboroto a estas horas?

Henry, aún temblando, señaló el cuerpo del sirviente y luego la caja.

—¡Es... es como la primera vez! ¡Otra caja, junto al cuerpo! —respondió con voz temblorosa.

Sir Edward lanzó una mirada gélida a su sobrino antes de dirigirse a Holmes.

—Espero que no haya usted dado a esta situación más importancia de la que merece, señor Holmes. Este sirviente era un joven bastante torpe y, con toda seguridad, su muerte es una desafortunada coincidencia.

—Una coincidencia bastante peculiar, si me lo permite, sir Edward —respondió Holmes con calma, levantando la caja y mostrándosela—. Dos muertes, ambas acompañadas por un objeto de idéntico diseño y aspecto. Este tipo de coincidencias no son comunes.

Sir Edward apretó los labios.

—Son supersticiones. Mi padre tenía una colección de objetos exóticos y estoy seguro de que estas cajas forman parte de ella. No obstante, no tienen ningún poder ni significan nada más que simples curiosidades. No podemos dar pie a todas esas creencias y causar una alarma innecesaria. ¿Qué poder van a tener unas simples cajas de marfil?

Holmes dejó la caja en el suelo y se levantó.

—Estoy de acuerdo con usted, sir Edward, de que no se trata de ninguna maldición sobrenatural ni nada por el estilo. Soy el primero que siempre he luchado contra la creencia en todo este tipo de chismes, pero, al mismo tiempo, no me negará que resulta llamativo que estas «simples curiosidades», como usted las ha llamado, hayan aparecido junto a dos cadáveres en un lapso tan escaso de tiempo.

Sir Edward hizo un aspaviento, pero no respondió, lo que hizo que Vanessa tomara el relevo.

—Señor Holmes, le iba a preguntar si creía que esto podría tratarse de alguna maldición, si bien lo cierto es que ya nos ha dado su punto de vista. Sin embargo, primero mi sobrina y ahora uno de nuestros criados... ¿Qué puede significar todo esto?

Holmes negó con la cabeza, reafirmándose en lo que había dicho.

—Las maldiciones, señora, no son más que supersticiones sin fundamento. Sin embargo, no puedo negar que este objeto parece estar relacionado con estas trágicas muertes. Mi intención es descubrir cómo y por qué.

A LA MAÑANA SIGUIENTE, Holmes y yo comenzamos a investigar con mayor detenimiento la mansión y las circunstancias de ambas muertes. Nada más amanecer, mi amigo insistió en revisar cada rincón de la casa y en preguntar a los residentes y empleados sobre las cajas de marfil, si bien, tal y como esperaba, ninguno de ellos dijo haber visto nunca esos objetos en la casa antes de estos sucesos, coincidiendo con el comentario que nos había hecho Vanessa el día anterior cuando dijo que parecían haber aparecido de la nada.

Mientras recorríamos los pasillos, Holmes se detuvo de repente, señalando un cuadro en la pared. Era un retrato antiguo de un hombre de rostro severo y mirada intensa, vestido con un uniforme militar en el que se podía apreciar el distintivo de alguna orden extranjera.

—Este debe de ser el padre de sir Edward —comentó Holmes, señalando el retrato con interés—. Si este hombre trajo las cajas de África, como indica sir Edward, es posible que el misterio tenga raíces en las experiencias que tuviera este caballero en aquel continente. No puedo evitar preguntarme si alguna de las tallas de marfil que hemos encontrado fue alguna vez parte de una colección más amplia, quizá de algo que él guardaba con especial cuidado.

Vanessa, que nos sorprendió mirando el cuadro, se nos unió.

—Mi suegro siempre fue un hombre reservado y supersticioso. En vida era conocido por sus largos viajes y por sus excentricidades. Traía consigo todo tipo de objetos extraños. A veces contaba sus viajes con gran detalle y otras no quería hablar nada de ellos. Edward apenas habla de él y la verdad es que nunca compartió las mismas supersticiones.

Holmes asintió ante sus palabras y, dándonos la espalda, continuó observándolo todo y yo diría que incluso memorizando cada rincón de aquella inmensa mansión. Su expresión era de concentración absoluta y yo sabía que su mente estaba intentando procesar todo aquello.

En las horas que siguieron, Holmes examinó ambas cajas con suma atención, anotando cada símbolo y observando patrones en las figuras talladas. Algo en ellas parecía conectar estos macabros eventos, como si las tallas practicadas sobre el marfil hubieran conservado la energía de algún oscuro ritual olvidado.

Así pasamos todo el día, viendo cómo la tensión en la mansión Garrick parecía crecer a cada minuto, mientras los sirvientes caminaban de puntillas y esquivaban cualquier contacto con nosotros para evitar volver a ser interrogados por si ello les hacía decir algo inconveniente para la familia y, por consiguiente, para su puesto de trabajo.

Esa noche, mientras nos retirábamos a nuestras habitaciones, Holmes se volvió hacia mí y compartió sus pensamientos conmigo después de que apenas me hubiera hablado durante todo el día.

—Watson, hay algo en esta casa que trasciende las explicaciones convencionales. No es superstición, ni simple coincidencia. Alguien está manipulando las cosas y ese alguien conoce las supersticiones y se aprovecha de ellas para infundir terror en los habitantes de la mansión.

—¿Entonces cree que estas muertes son premeditadas? —pregunté, incapaz de contener mi curiosidad.

Holmes asintió con seguridad.

—Aún no tengo todas las respuestas, Watson, pero le aseguro que alguien en esta casa sabe más de lo que cuenta... y deseo por usted, mi querido amigo, que esa persona no sea lady Vanessa.

Revelaciones sobre la familia

La mañana después de la segunda muerte, Holmes y yo nos reunimos en el comedor, donde tomamos un desayuno silencioso, apenas acompañados por algunos sirvientes que parecían seguir queriendo evitarnos. Vanessa aún no había bajado y sir Edward, cuyo entusiasmo por nuestra presencia en la mansión nunca había sido demasiado grande, se encontraba en su estudio, como si también quisiera eludir la posibilidad de tener que charlar con nosotros.

Visto el panorama, después del desayuno Holmes sugirió que, en algún momento de la mañana, nos encontráramos con Vanessa en la biblioteca. Sabía que era el lugar más tranquilo de la mansión y, seguramente, el mejor espacio para tratar los asuntos de la familia sin sufrir interrupciones.

Se lo comenté cuando la vi y nos pidió que la esperáramos allí mientras ella también desayunaba. Nos dirigimos al ala este de la casa, donde se hallaba una vasta colección de libros encuadernados en cuero, algunos tan antiguos que contenían títulos del todo ilegibles. Las ventanas, cubiertas por gruesas cortinas de terciopelo, permitían que solo un tenue rayo de luz se filtrara en la sala.

Vanessa apareció y lo hizo con una expresión bastante desmejorada, visiblemente afectada por las recientes tragedias, aunque, al mismo tiempo, aliviada de poder compartir con Holmes y conmigo la carga de todo aquello que imaginaba que no podía hablar con su marido por tener puntos de vista diferentes.

—Señor Holmes, John —comenzó ella, provocándome un regocijo por el hecho de que, por lo menos conmigo, hubiera abandonado cualquier formalidad y me hubiera vuelto a llamar como en los tiempos que coincidimos en Afganistán—, he sentido la necesidad de hablar con ustedes sobre... ciertas cosas que sé sobre mi familia política. Estoy segura de que mi esposo, Edward, no aprobaría esta conversación, pero creo que ustedes deben conocer la verdad.

Holmes asintió, invitándola a continuar mientras yo tomaba asiento junto a ella. Vanessa entrelazó las manos y comenzó a contar la historia que, hasta entonces, parecía haber sido un secreto cuidadosamente guardado.

—Mi suegro, el padre de Edward, fue un hombre misterioso y distante. Viajó extensamente en su juventud y estuvo en regiones de África donde pocos europeos han estado. Trajo consigo todo tipo de objetos extraños y se le conocía por su fascinación con las culturas y las supersticiones locales. Según lo que me contaron, una de sus expediciones lo llevó a un pequeño poblado en lo profundo de la selva, donde se practicaban rituales oscuros que, según los aldeanos, otorgaban poder a quienes sabían cómo utilizarlos.

Hizo una pausa, como si estuviera esperando nuestras reacciones. Holmes no mostró ninguna.

—¿Y estas cajas de marfil son parte de lo que su suegro trajo de esa expedición en concreto? —preguntó de manera analítica y poco emocional.

—Sí, eso me dijeron —asintió Vanessa, bajando la voz como si tuviera miedo a que alguien la escuchara—. Trajo consigo varias de esas cajas. Algunas eran réplicas exactas, mientras que otras, según dicen, contenían diferentes símbolos y figuras. En la familia existe la creencia de que cada una de esas cajas guarda un poder especial, una especie de... maldición, si me permiten el término. Sé, señor Holmes, que ya nos dejó clara su postura ante este tipo de creencias; sin embargo...

Se quedó callada mientras aquella palabra resonaba en la biblioteca, envolviendo la sala en una atmósfera aún más tétrica.

Holmes se inclinó hacia adelante, clavando su mirada en ella.

—Lady Vanessa, ¿quién en la familia cree realmente en esta maldición? —preguntó mi amigo con calma, aunque con un tono de interés genuino en su voz.

Ella vaciló un momento antes de responder.

—Sé que Edward no —respondió de forma tajante y sin la menor vacilación—. Con respecto a Henry, no sé lo que piensa. No me he atrevido a hablar con él de este tema y Emily tampoco me comentó nunca nada. Quizá sea yo la única que piensa en ello, no lo sé. Quizá piensen que soy una estúpida, pero les aseguro que no me gustan nada todos esos objetos extraños y el hecho de que hayan aparecido al lado de los cadáveres me aterroriza.

—La difunta Emily y Henry son sus sobrinos. ¿Son suyos o lo son de su marido?

Cuando Holmes hizo esa pregunta, me hizo pensar en que yo también me lo había preguntado.

—Son sobrinos de Edward, de mi marido. Son los hijos de su hermano mayor, William Garrick, que falleció en una acción militar en la que, según nos contaron, sufrió una emboscada. Al haber muerto también la madre de ambos a causa de la tuberculosis, han vivido con nosotros prácticamente desde que eran niños. La madre murió cuando tenían él cinco años y ella siete, mientras que el padre nunca estaba en casa, por lo que se quedaron sin nadie que los cuidara.

Nos quedamos un momento en silencio.

—¿Cuántas cajas como las que hemos encontrado quedan en la casa? —preguntó Holmes a bocajarro, cambiando de tema.

Vanessa pareció incomodarse con la pregunta, pero finalmente respondió.

—No lo sé con certeza. Sé que hay al menos cinco cajas en total. Algunas de ellas están guardadas en el estudio de Edward, mientras que otras... no sé dónde están. Edward nunca ha permitido que se les preste demasiada atención a los objetos que su padre trajo de África. Es como si quisiera ocultarlos de la vista de todos, como si fuera algo del carácter de su padre de lo que se avergüenza.

—¿Ha habido algún conflicto en la familia que pudiera haber causado resentimientos? —continuó Holmes—. ¿Alguien a quien pudiera incomodar la posición de sir Edward o de algún otro miembro de la familia?

Vanessa dudó, pero luego asintió lentamente.

—Yo no diría que conflicto, pero la familia ha estado dividida durante años. El sobrino de Edward, Henry, que hace poco cumplió los veinte, siempre ha deseado tener un papel más importante en los asuntos familiares, pero Edward nunca le ha permitido involucrarse. Y Emily... ella tenía una relación complicada con Edward. A veces hablaban de que quería independizarse y deshacerse de la influencia de la familia, pero Edward insistía en que el apellido Garrick conllevaba responsabilidades y que no podía permitir que los jóvenes se apartaran del legado familiar.

Holmes se mantuvo en silencio, asimilando cada palabra. Noté que sus ojos habían cambiado, reflejando ahora una concentración profunda y una especie de comprensión latente que aún no compartía con nosotros.

Finalmente, rompió el silencio.

—Lady Vanessa, ¿cree usted que alguien en esta casa podría querer que las muertes parezcan el resultado de una maldición para mantener ese miedo y control en la familia? Si la superstición acerca de estas cajas es tan antigua como dice, alguien podría estar usando ese miedo para manipularlos a todos.

Ella pareció dudar y sus ojos se movieron rápidamente hacia la puerta, como temiendo que se abriera de repente o que hubiera alguien al otro lado.

—No puedo decirlo con certeza, señor Holmes. La verdad es que no sé qué pensar sobre todo esto. Todo me parece una pesadilla horrible, la verdad.

Holmes se puso de pie.

—Lady Vanessa, muchas gracias por su honestidad. Nos será de mucha ayuda.

Ella asintió haciendo un esfuerzo para no derrumbarse y, tras intercambiar unas últimas palabras, Holmes y yo abandonamos la biblioteca. Apenas estuvimos fuera, nos topamos con Henry Garrick en el fondo del pasillo, lo que no me gustó y lo que me hizo pensar en Vanessa mirando angustiada hacia la puerta, quizá como si hubiera detectado que había alguien al otro lado.

El joven se acercó, aparentemente ansioso por hablar.

—Señor Holmes, doctor Watson, ¿podría hacerles una pregunta? —nos asaltó sin mayor ceremonia.

Mi amigo asintió, con la desconfianza reflejada en su rostro.

—Por supuesto, Henry. ¿De qué se trata?

—Bueno, he escuchado rumores sobre... las cajas de marfil —contestó, bajando la voz al pronunciar las palabras, no sé si temeroso por el simple hecho de mencionarlas o burlándose de todo aquello—. Siempre he creído que mi familia exagera las supersticiones, pero después de las muertes de Emily y del sirviente... No puedo evitar pensar que algo extraño está ocurriendo aquí. ¿Creen ustedes en las maldiciones?

Holmes mantuvo la mirada fija en Henry y, después de un largo silencio que dio a entender que no le había gustado la pregunta o que le había molestado el abordaje de aquel joven, respondió:

—No, Henry. No creo en maldiciones. Creo en los hechos, en las pruebas, en los motivos que las personas pueden tener para cometer crímenes. ¿Diría que alguien en la familia podría beneficiarse de que todos teman a estas cajas? ¿Usted cree que alguien podría querer sembrar el pánico?

El aludido pareció considerar la pregunta.

—No sabría decirlo... pero, en esta casa, lo de provocar el miedo es algo que siempre ha sido muy habitual.

Sin más palabras, se despidió y regresó por donde había venido, dejándonos en el pasillo con una nueva sensación de inquietud y más preguntas que respuestas.

Holmes, con el semblante serio, me miró y asintió.

—Watson, aquí hay gente que se está tomando esto como un juego.

La leyenda de las cajas

Aquella misma tarde, Holmes y yo decidimos abandonar momentáneamente la mansión Garrick y dirigirnos al pueblo cercano. Era una pequeña localidad costera, con casas de piedra que parecían desafiar al tiempo y a los elementos de la naturaleza. A medida que caminábamos por sus calles empedradas, me sentí invadido por un aire pesado, como si el propio ambiente se resistiera a desvelar sus secretos.

Holmes tenía un objetivo claro en mente: encontrar a alguien que pudiera explicarnos más acerca de las cajas de marfil. Después de los misteriosos fallecimientos y de los detalles revelados por Vanessa, parecía evidente que las cajas tenían un significado especial, uno que alguien estaba usando para atemorizar y controlar a la familia Garrick.

Finalmente, dimos con una pequeña tienda de antigüedades situada en una esquina. La fachada del local era modesta, con un letrero desgastado en el que apenas se leía el nombre. *Antigüedades del Mundo.* En el escaparate había una exhibición de objetos variados: figuras talladas en madera, antiguos mapas marítimos y piezas de porcelana exótica. Sin embargo, fue un pequeño amuleto de marfil colgado en una esquina lo que llamó la atención de Holmes.

—Este parece el lugar adecuado, Watson —exclamó, con una chispa de curiosidad en sus ojos.

Al entrar, un leve aroma a incienso nos envolvió. La luz era tenue, filtrándose a través de unas cortinas de terciopelo oscuro. Todo estaba lleno de antigüedades, algunas de las cuales parecían ser de origen africano. Un hombre de mediana edad, con la piel curtida y una barba encanecida, nos recibió con una inclinación de cabeza. Sus ojos eran penetrantes, como si analizaran cada detalle de nuestra presencia en su tienda.

—Buenos días, caballeros —saludó el hombre con un tono de voz profundo—. Mi nombre es Abasi. ¿Puedo ayudarles en algo?

Holmes se acercó al mostrador y, tras presentarse brevemente, explicó el motivo de nuestra visita.

—Estamos investigando unas cajas de marfil, señor Abasi. Entendemos que provienen de África y que están asociadas a ciertas leyendas. Nos gustaría conocer más sobre ellas, en especial si usted está familiarizado con alguna historia sobre maldiciones relacionadas con estos objetos.

El comerciante alzó una ceja, visiblemente intrigado, y con un leve suspiro nos invitó a sentarnos en unas sillas cercanas. Luego, tras quedársenos mirando un buen rato como si no se decidiera a hablar, comenzó a hacerlo.

—Las cajas de marfil... —murmuró, mientras sus dedos tamborileaban sobre el mostrador—. Hace muchos años, en algunas tribus africanas, existía la costumbre de tallar cajas de marfil como estas de las que me hablan. No eran simples objetos decorativos; eran instrumentos de poder y rituales. Se utilizaban en ceremonias de venganza y se decía que quien poseyera una de ellas estaría bajo una maldición, a menos que cumpliera con ciertos rituales.

Hizo una pausa. A pesar de su escepticismo natural, vi cómo Holmes escuchaba al comerciante con suma atención, quedándose con cada detalle de lo que nos contaba.

—¿De qué tipo de rituales estamos hablando, señor Abasi? —pregunté, intrigado por la historia y ante el temor de que mi amigo no lo hiciera por considerarlo una tontería.

El hombre persistió en su actitud de seguir observándonos en silencio durante unos segundos, como si intentara decidir cuánto podía revelarnos. Finalmente, prosiguió.

—Se dice que estas cajas contenían símbolos y figuras talladas que representaban a los ancestros de la tribu, espíritus protectores que eran invocados para castigar a quienes traicionaran el honor de la familia o de la comunidad. Las cajas eran entregadas a aquellos que habían cometido ofensas graves y era como si los propios espíritus las maldijeran. Cada vez que alguien caía bajo la influencia de estas cajas, experimentaba una serie de desgracias... a veces, incluso la muerte.

Holmes arqueó una ceja.

—Entiendo, señor Abasi, y agradezco a mi buen amigo, el doctor Watson, que le haya pedido que nos dé más detalles —respondió con calma—. Esas cajas, entonces, eran instrumentos de venganza, diseñadas para infundir miedo en los infractores. Pero dígame, ¿cree usted en estas maldiciones? ¿Cree realmente que una caja pueda afectar el destino de alguien?

El señor Abasi se inclinó hacia adelante y por un momento me pareció que sus ojos adquirían un brillo especial.

—Señor Holmes, no es una cuestión de creer o no creer. La gente teme lo que no comprende y la superstición puede convertirse en una herramienta poderosa. Incluso si usted no cree en maldiciones, aquellos que reciben estas cajas sí lo creen, y ese miedo puede consumirlos hasta el punto de que su propia mente crea en su perdición.

Holmes asintió, claramente interesado en la aplicación psicológica que de estas leyendas había hecho aquel hombre.

—Entonces, según su punto de vista, que yo comparto con usted, estas cajas no serían peligrosas por sí mismas —añadió Holmes—, sino por lo que representan para quienes las poseen.

—Exactamente —respondió Abasi—. En África, el miedo y el respeto por las tradiciones son poderosos. Cuando alguien viola las normas de la comunidad y recibe una de estas cajas, la carga psicológica es tan intensa que puede llevarlos a la desesperación. La mente humana, cuando está dominada por el miedo, puede volverse su peor enemigo.

Reflexioné sobre aquellas palabras, recordando las expresiones de terror en la familia Garrick y, en especial, en Vanessa y yo diría que también en el resto, aunque se esforzaran en disimularlo.

Holmes se inclinó hacia el comerciante y formuló la pregunta que sabía que había estado en su mente desde el inicio.

—Señor Abasi, dígame. ¿Es posible que alguien fuera de África haya aprendido a utilizar estas cajas y sus leyendas para manipular a otros?

El hombre se quedó en silencio unos momentos, como si considerara la profundidad de la pregunta. Luego asintió, con un semblante serio.

—Sí, es posible. Pero solo alguien con un conocimiento profundo de las tradiciones y de la psicología humana podría hacerlo. Y necesitaría, sobre todo, la voluntad de jugar con los miedos y las creencias de los demás.

Holmes guardó silencio, pero sus ojos reflejaban una intensidad creciente. Estaba claro que su mente trabajaba rápidamente, atando cabos y formulando nuevas teorías. Finalmente, después de unos momentos, se puso de pie y agradeció a aquel buen hombre su tiempo y lo que había compartido con nosotros.

Salimos de la tienda y caminamos de regreso por las calles empedradas. La brisa del mar nos envolvió mientras el cielo comenzaba a nublarse, como si la naturaleza misma respondiera al oscuro misterio que envolvía a la familia Garrick.

—Watson, esta noche debemos permanecer atentos. Hemos llegado a un punto un tanto extraño en el que todo gira en torno a la leyenda de las cajas, pero, en cambio, no parece estar sucediendo nada nuevo. Nada más llegar nosotros a la mansión de los Garrick, esa misma noche sin ir más lejos, asesinaron al sirviente, como si alguien quisiera avisarnos de dónde nos estábamos metiendo. A partir de ahí, todo se para y no vuelve a suceder nada fuera de lo normal. Creo que esta calma extraña va a acabar rompiéndose de una u otra manera.

La tercera caja

La mansión Garrick estaba envuelta en un opresivo silencio cuando regresamos tras nuestra visita al pueblo. Por quien más lo sentía era por Vanessa, no solo porque tenía claro que no podía soportar la idea de que ella fuera la próxima víctima, algo en lo que pensé nada más tuve delante el cadáver del criado, sino porque veía el sufrimiento por el que estaba pasando con un marido enormemente distanciado de ella, como si nada le afectara, como si allí no hubiera sucedido nada y como si todo fuera producto de la fantasiosa imaginación de su mujer.

Al entrar en la mansión la encontramos en la sala y, una vez más, vernos pareció aliviarla, aunque su rostro mostraba un cansancio evidente, con sombras bajo sus ojos azules. Nos dirigimos a ella para asegurarle que estábamos avanzando en el caso y que Holmes confiaba en que pronto desentrañaríamos el misterio. Vanessa asintió y, tras un breve intercambio de palabras, se retiró, dejándonos de nuevo con la inquietante soledad de aquella lúgubre mansión.

No tardamos en notar una figura en el pasillo que se dirigía al ala este de la casa. Holmes, con su habilidad para detectar los más mínimos detalles, me hizo una señal y ambos nos acercamos con sigilo. Al cruzar una esquina, nos detuvimos ante una puerta entreabierta. Mi amigo asomó la cabeza y observó por un momento, antes de volver su mirada hacia mí con una expresión de sorpresa y seriedad.

—Es Henry —murmuró en voz baja.

Intrigado, observé también. Efectivamente, dentro de la habitación, iluminada apenas por la luz de una lámpara, se encontraba Henry, el hermano de Emily. Estaba sentado en una silla con la mirada perdida, sosteniendo una caja de marfil entre las manos. Sus ojos parecían fijos en las extrañas tallas de la caja y su rostro mostraba una expresión distante, casi hipnótica, como si estuviera atrapado en un trance profundo del que no podía escapar.

Holmes no perdió tiempo y entró rápidamente en la habitación. Me acerqué detrás de él, observando cómo se inclinaba hacia Henry y le daba un ligero toque en el hombro.

—¡Henry! ¡Despierte, muchacho! —le ordenó Holmes con tono firme.

Al principio, el joven no reaccionó, como si las palabras de Holmes se desvanecieran en un vacío. Sin embargo, después de unos segundos, sus ojos parpadearon y volvió en sí, mirándonos confundido y con una mezcla de vergüenza y temor.

—¡Señor Holmes! ¡Doctor Watson! —balbuceó, tratando de recomponerse—. ¿Qué hacen aquí?

Holmes, viendo que, aunque desorientado, se encontraba plenamente consciente, no dudó en abordarlo directamente y sin rodeos.

—La pregunta correcta sería qué hace usted aquí, Henry —respondió, señalando la caja de marfil que aún sostenía en sus manos—. ¿Qué le ha llevado a quedarse solo, en la oscuridad, con un objeto como este?

LAS CAJAS DE MARFIL 33

Henry pareció dudar, como si las palabras se atascaran en su garganta. Bajó la vista y miró la caja que tenía entre sus manos, como si hasta ese momento no hubiera sido consciente de su presencia. Con un suspiro, finalmente comenzó a hablar.

—No sé cómo explicarlo... Esta caja... Me llamó, de alguna forma —contestó el interpelado, apretando los labios y frunciendo el ceño—. Sé que suena extraño, pero sentí una compulsión, algo que no pude resistir. Necesitaba tomarla, examinarla.

Holmes asintió, interesado en cada palabra que salía de la boca del joven.

—Henry, ¿ha estado investigando sobre estas cajas por su cuenta? —preguntó, mirándolo con intensidad.

El joven vaciló, pero después asintió lentamente.

—Sí. Desde la muerte de Emily, he estado convencido de que algo más ocurre aquí. Después, la muerte del sirviente; ahora, esta tercera caja; mi tío, indiferente a todo; mi tía, muerta de miedo... —Henry hizo una pausa, tragando saliva antes de continuar—. Insisto, no sé lo que pasa aquí, pero estoy seguro de que estas cajas tienen un propósito oscuro. He intentado encontrar alguna conexión, algún indicio de lo que representan realmente.

Observé el rostro de Holmes, que mostraba una expresión reflexiva y calculadora, mientras Henry continuaba.

—Mi tío... él siempre ha sido reservado sobre ciertos temas de nuestra familia. Hay un estudio privado que apenas usa y hace poco vi una de estas cajas en su interior, en un rincón escondido. No cree en supersticiones, no le da importancia a nada, parece que se avergüenza de lo que hacía el abuelo y de los objetos que coleccionaba... y, sin embargo, tenía en su poder una de las cajas. ¿Qué estaba haciendo con ella?

—Quizá el asunto le preocupa más de lo que está dispuesto a reconocer —aventuré—. Está claro que se esconde detrás de una fachada, quizá porque no tolera que nadie descubra sus debilidades y miedos. En el fondo, creo que alberga los mismos miedos que tú y que tu tía Vanessa.

Holmes me tomó el relevo.

—Henry, es importante que entienda que el miedo puede inducirse mediante una hábil manipulación —comentó, mirándolo a los ojos—. Alguien está usando esta superstición de las cajas para controlarlos a todos, para sacarlos de quicio, para hacer que desconfíen de todo. De todas formas, si le digo la verdad, lo que más me interesa ahora después de lo que nos ha contado es echarle un vistazo al estudio de su tío Edward.

Henry asintió, con una mezcla de desesperación y determinación en su rostro.

—Señor Holmes, haré lo que sea necesario para desvelar la verdad. Emily... —su voz se quebró un momento antes de continuar—. Emily no merecía esto y no pienso descansar hasta que sepamos qué o quién está detrás de todo.

La resolución en la voz de Henry era sincera. Holmes parecía complacido, pero aún cauteloso, como si evaluara los riesgos de todas las opciones de actuación posibles. Con todo, le colocó una mano en el hombro.

—Entonces, Henry, colaboraremos, pero necesito que mantenga la calma y la discreción. No sabemos cómo de lejos están dispuestos a llegar quienes quieren que esta leyenda se mantenga en las sombras. Cualquier movimiento en falso podría alertarlos.

El muchacho asintió y pude ver cómo respiraba profundamente, intentando controlar su ansiedad. Fue entonces cuando Holmes sugirió que descansáramos el resto de la noche, dejando para el día siguiente lo relativo al abordaje del estudio de sir Edward.

—Watson, ¿no le parece curioso que Henry, quien parece ser el más ansioso por desentrañar la verdad, haya caído presa de su propia curiosidad? —me preguntó cuando estuvimos a solas, después de que el muchacho se hubiera encerrado en su habitación.

—Es evidente que alguien está manipulando su mente, Holmes. Henry realmente cree en las maldiciones y, por ende, en el peligro de estas cajas.

—¿Cree usted que alguien pueda estar recurriendo a alguna forma de hipnotismo, mi querido amigo?

Su pregunta me hizo reflexionar.

—No creo que el hipnotismo tenga nada que ver con esta situación, Holmes, si bien yo no descartaría que se estuviera produciendo lo que Bernheim ha denominado «sugestión psicológica». El ambiente de esta casa es opresivo, no hay alegría, nadie ríe, se vive en una tensión constante y el rumor de la maldición de las cajas no para de correr de aquí para allá, luego todo eso más el miedo pueden llevar a la mente a creerse cualquier cosa.

Holmes asintió, satisfecho con mi respuesta.

—Totalmente de acuerdo con usted, mi querido amigo. Nuestro próximo paso va a ser el estudio de sir Edward. La clave está allí y espero que en ningún momento se haya creído lo de que debíamos retirarnos a descansar. No lo dije más que para quitarnos al joven Henry de encima, pero ahora usted y yo tenemos un estudio que visitar.

Descubrimientos

La noche había caído completamente sobre la mansión Garrick y el silencio absoluto dominaba sus oscuras estancias. Holmes y yo habíamos esperado pacientemente, ocultos en las sombras, hasta que estuvimos seguros de que todos los habitantes de la casa se encontraban ya en sus habitaciones. Sabíamos que la clave del misterio que rodeaba a la familia Garrick se hallaba en el estudio de sir Edward y Holmes no estaba dispuesto a dejar pasar la oportunidad que nos ofrecía la nocturnidad de la situación.

Con su habitual destreza, Holmes abrió la puerta del estudio en cuestión de segundos. Entramos en la habitación, asegurándonos de que no dejábamos ningún indicio de nuestra presencia. Mi primera impresión fue la de un lugar lúgubre, oscuro y cargado de una inquietante atmósfera que, por otra parte, no dejaba de ser la misma que reinaba en el resto de la mansión.

Se trataba de un estudio imponente, amueblado con pesados estantes de madera y que estaba repleto de libros antiguos en apariencia bien organizados. Una enorme lámpara de pie proyectaba una tenue luz sobre el gran escritorio de roble en el centro, que parecía haber sido diseñado para transmitir autoridad y control.

—Watson, fíjese en el orden meticuloso de este lugar. Es evidente que sir Edward valora sus documentos más que cualquier otra cosa en este lugar —murmuró Holmes.

Nos acercamos con cuidado al escritorio. Holmes sacó una pequeña lámpara de su bolsillo y la encendió para que pudiéramos revisar los documentos sin despertar sospechas. Pese a que Henry nos había dicho que apenas lo utilizaba, era evidente que sir Edward pasaba largas horas en este estudio. Al revisar los papeles, encontramos una gran cantidad de cartas y documentos, muchos de ellos con fechas que se remontaban a varias décadas atrás.

El primer hallazgo relevante fue una serie de cartas escritas por el padre de sir Edward, llamado Joseph Garrick. Estas cartas describían en detalle las profundas divisiones y rencillas dentro de la familia Garrick, sobre todo en lo referente a una considerable herencia familiar. A través de sus palabras frías y calculadoras, nos quedó claro que el padre de sir Edward había sido un hombre de carácter duro y ambicioso, alguien que no confiaba en los miembros de su propia familia para preservar su legado.

Uno de los documentos más reveladores era un testamento alternativo, escondido entre varias cartas, en el que el padre describía cómo deseaba dividir su fortuna entre varios herederos, incluyendo a aquellos descendientes más jóvenes como Emily y Henry, quienes, de hecho, se convertían en los principales beneficiarios.

—Interesante... Muy interesante, Watson —dijo Holmes mientras leía uno de los párrafos del testamento alternativo—. Aquí vemos que el patriarca de los Garrick no pensó en ningún momento en realizar un reparto equitativo de su fortuna, sino que tuvo como prioridad antes a sus nietos que a sus propios hijos.

—Pero tanto sir William, el padre de Emily y de Henry, como sir Edward sí que aparecen mencionados —objeté al ver escritos sus nombres.

—Usted lo ha dicho, mi querido amigo. Mencionados. Incluidos en el testamento, sí, pero no como los beneficiarios principales, que seguro que era lo que ellos esperaban de su padre.

—¿Hay alguna mención a lady Vanessa? —pregunté por mera curiosidad y por tener más que claro que, más allá de la inocente Emily, era la única que me importaba de aquella familia.

Holmes pasó rápidamente las hojas delante de mí.

—No, Watson, parece ser que no —comentó, llegando a la misma conclusión que yo al no haber visto su nombre por ningún sitio.

Mientras continuábamos revisando los documentos, encontramos un recibo correspondiente a la adquisición en una subasta londinense de cinco cajas talladas en marfil.

—¿Qué le parece, amigo mío? —señaló Holmes, con una más que evidente emoción en su tono de voz—. Magnífica la historia del padre coleccionando objetos procedentes de África, pero esto nos demuestra que las cajas no llegaron a la familia Garrick por esa vía, sino por una mucho más mundana como fue su adquisición en una subasta.

—Vamos, que sir Edward las compró.

—Sir Edward u otra persona que le haya colocado aquí estos recibos, mi querido amigo —objetó Holmes—. No podemos afirmarlo con seguridad y, aunque parece lo más evidente, tampoco podemos descartar que alguien quiera inculparlo.

El tercer descubrimiento, mucho más esclarecedor que los anteriores, fue una serie de cartas dirigidas a sir Edward procedentes de abogados de Londres. Estas cartas contenían indicios de acciones legales en torno a la herencia, los cuales sugerían que, en algún momento, Henry y Emily podrían haber intentado reclamar lo que les correspondía.

No pude evitar preguntárselo a mi amigo de forma directa y sin tapujos.

—Holmes, ¿cree usted que sir Edward haya llegado al punto de matar a Emily y al sirviente para reforzar su estrategia de sembrar el miedo a fin de tenerlos bajo su control? Quizá por eso está tan tranquilo ante la maldición, porque sabe que en realidad no hay ninguna y es él el que está detrás de todo.

No sé si habló mi raciocinio o la animadversión que me había producido aquel hombre desde que lo había conocido y, en especial, desde qué había visto cómo se comportaba con Vanessa, pero fue de esta manera como expresé lo que llevaba dentro.

Holmes me miró con un semblante serio y asintió lentamente.

—No descarto esa posibilidad, Watson. Aunque aún no tenemos pruebas concluyentes de que haya sido él quien los eliminó, la conexión entre las muertes y la aparición de las cajas es demasiado fuerte como para que la ignoremos. Sir Edward ha demostrado ser capaz de cualquier cosa para mantener el control y no deja de ser curioso que una maldición que nunca se manifestó durante la infancia de Emily y Henry, lo haya hecho cuando hay constancia de que los dos se interesaron por la herencia familiar, llegando incluso a consultar a abogados.

Tras decir esto, Holmes cerró el último de los documentos y me miró con determinación.

—Watson, esto está llegando a su fin —añadió—. Aunque siempre me ha parecido un cliché de las novelas baratas de misterio el hecho de que el detective reúna a todos los sospechosos para desenmascarar al culpable, creo que eso será lo que hagamos nosotros mañana.

La confesión

La mañana amaneció fría y gris en la costa, con una niebla densa que envolvía la mansión de los Garrick. La bruma, deslizándose a través de las ventanas, anticipaba el ambiente sombrío que pronto se apoderaría de cada rincón de esa gran casa. Holmes había decidido que era el momento de zanjar todo aquello y de poner fin a todo el asunto de la maldición de las cajas de marfil.

Después de que mi amigo los llamara, los principales habitantes de la casa fueron convocados al salón principal. Vanessa, pálida y nerviosa, se acomodó en un sillón junto a la chimenea, entrelazando sus dedos con una mezcla de inquietud y expectación. Henry, el hermano de Emily, permaneció de pie cerca de la entrada, con el rostro en constante tensión. Sir Edward apareció el último, con el porte altivo que siempre exhibía, pero con una sombra de recelo reflejada en sus facciones.

Holmes se colocó en el centro de la sala y no puede decirse que no fuera directo al grano. En el pasado, había sido capaz de aguardar pacientemente a que los culpables se delataran o cayeran en su trampa, en no pocas ocasiones disfrazándose hasta el punto de hacerse irreconocible. Con el paso de los años, aquella meticulosidad había ido dando paso a un estilo mucho más directo e incluso agresivo, sobre todo cuando estaba plenamente convencido de aquello en lo que creía, si acaso alguna vez en su vida no lo había estado.

—Sir Edward —comenzó Holmes con su voz firme y clara—, es momento de esclarecer el misterio de la trágica muerte de su sobrina Emily, así como la de su fiel sirviente. Creo que todos en esta sala merecen conocer la verdad.

El aludido mantuvo una expresión impasible, la misma en realidad con la que había estado cada día desde que llegamos, como si todo aquello no fuera con él.

—¿Aún sigue creyendo en los misterios, señor Holmes? —dijo con un tono en el que se podía apreciar el sarcasmo—. Me parece que usted ha imaginado demasiadas cosas. Aquí no hay ningún misterio, sino tan solo accidentes y tragedias desafortunadas que cualquiera con buen juicio aceptaría como lo que son.

Holmes esbozó una leve sonrisa, sin apartar la vista de él.

—Me temo que no es tan simple, sir Edward. La investigación que hemos desarrollado el doctor Watson y yo mientras usted nos ignoraba por completo pese a los temores de su mujer y de su sobrino ha revelado que estas tragedias no son meras coincidencias. Las muertes en esta casa están directamente relacionadas con una serie de cajas de marfil, antiguas y peligrosas, cuyas leyendas de maldición usted ha manipulado astutamente para sus propios propósitos.

Se produjo un murmullo de asombro en los otros dos miembros de la familia. Vanessa se llevó una mano al pecho y su rostro palideció todavía más, mientras Henry entrecerró los ojos y apretó los dientes sin despegar su mirada de Holmes.

—¡Eso es ridículo! ¡¿Con qué fundamento se atreve a afirmar eso?! —bramó sir Edward, provocando que su cavernosa voz resonara en el salón—. La historia de esas cajas no es más que una superstición sin fundamento. No hay pruebas de que yo haya hecho nada indebido y menos esa monstruosidad de la que me acusa.

Mi amigo lo observó con calma y, ante mi sorpresa al no haberme dado cuenta la noche anterior de que se los había llevado consigo, extrajo de su bolsillo varios papeles que sostuvo a la vista de todos.

—Aquí tengo documentos que demuestran lo contrario. He encontrado cartas antiguas de su padre y, lo que resulta más revelador aún, cartas suyas en las que se demuestra que tanto su sobrina Emily como Henry iniciaron acciones legales para hacerse con la herencia que les corresponde, la misma que les legó su padre, la misma que usted les ha estado reteniendo y la misma que, si ellos la hubieran disfrutado en condiciones, le habría privado a usted de su buena vida y de la preeminencia que ejerce sobre los demás.

Sir Edward se tensó, apretando los puños con fuerza, como si quisiera agredir a mi amigo. Parecía debatirse entre negarlo todo o enfrentarse a la acusación que le estaba lanzando Holmes. Aun así, trató de mantener la compostura.

—Esa es una interpretación completamente interesada, señor Holmes. No tiene usted ninguna prueba de que yo haya cometido ningún delito.

Holmes no le dio el más mínimo cuartel.

—¿Eso cree usted, sir Edward? Se lo voy a explicar con otras palabras entonces. Cada vez que Emily o Henry demostraban interés en su legítima herencia, aparecía una de esas cajas de marfil. Usted usaba el miedo a una maldición para que ellos se mantuvieran alejados. Sin embargo, cuando Emily rehusó a ceder ante la superstición y continuó indagando, pagó con su vida. Más adelante, cuando el sirviente se acercó demasiado a la verdad, temiendo que pudiera hablar o compartir con nosotros sus sospechas, lo silenció por la vía rápida, colocando una segunda caja a su lado para reforzar la idea de la maldición, aunque usted diera muestras delante de todo el mundo que no creía en ella.

El rostro de Sir Edward se ensombreció y, aunque se esforzó en disimularlo, empezó a temblar a causa de la rabia que parecía estar apoderándose de él. Era evidente que se sentía cada vez más acorralado.

—No tiene pruebas de nada de lo que dice —masculló, mirando a Holmes con una mezcla de furia y desesperación—. Esas muertes fueron simples casualidades.

—¿De verdad cree que podemos aceptar eso, sir Edward? —insistió mi amigo con palabras cargadas de desprecio—. Las coincidencias son dos, acaso tres, pero no una serie meticulosamente orquestada. Además, insisto, el doctor Watson y yo encontramos el testamento de su padre, que usted intentó ocultar y que reconocía el derecho de Emily y Henry sobre una parte de la fortuna familiar. Una herencia que nunca recibirían porque usted los tenía bajo el dominio de una mentira... de una maldición inventada.

Mientras Holmes lanzaba todas aquellas acusaciones, Vanessa miraba a su esposo con ojos llenos de horror y lágrimas. La verdad comenzaba a calar en ella, destruyendo la imagen que había construido del hombre con quien compartía su vida. Sir Edward, sin embargo, permanecía en silencio, como si estuviera buscando la forma de salir de aquella situación.

Holmes dio un paso más hacia él.

—Lo que no puedo entender, sir Edward, es cómo llegó a convencerse de que podía mantener este engaño indefinidamente. ¿Acaso creía que todos en esta casa vivirían siempre aterrorizados de algo tan ficticio como una maldición?

Sir Edward miró a su esposa y, tras hacerlo, fue como si algo dentro de él se quebrara de repente. Sus hombros se hundieron, su mirada perdió el brillo desafiante y finalmente se dejó caer en una silla, derrotado. Respiró hondo, como si el peso de unas mentiras mantenidas durante tanto tiempo hubiera sido demasiado para él.

—Al principio, solo era una forma de mantener el control... pero con el tiempo, comencé a ver esas cajas como un símbolo, algo que me daba poder —admitió—. La maldición... no, no es real, claro que no lo es, pero el miedo que inspira sí lo es. La usé para que me respetaran, para que se mantuvieran alejados, para proteger lo que es mío por derecho propio.

Se produjo un silencio sepulcral en el salón mientras todos asimilaban las duras palabras de sir Edward. Vanessa rompió a llorar, llevándose las manos al rostro como si no pudiera soportar la verdad. Henry lo miraba con una mezcla de desprecio y tristeza.

Holmes mantuvo la calma y continuó.

—Así que, al ver que Emily y Henry desafiaban sus advertencias, decidió tomar medidas más drásticas. Usó las cajas para sembrar el terror, pero, cuando eso no fue suficiente, recurrió a métodos... definitivos.

Sir Edward fulminó a Holmes con la mirada, como si el abatimiento que le había producido el ser descubierto diera paso a la furia y al rencor contenido durante tantos años.

—Emily... ¡ella no tenía miedo! Cuanto más le advertía de que no le diera vueltas a la cabeza y de que ya disfrutaría de lo que le correspondía cuando Vanessa y yo ya no estuviéramos en este mundo, más decidida se mostraba en hurgar en los secretos familiares y en reclamar lo que aseguraba que era suyo. Cada vez se mostraba más terca y desafiante y, sí, lo confieso, pensé... pensé que, si moría, los otros aprenderían la lección. Y en cuanto al sirviente... —guardó silencio un momento—. Los había visto juntos en muchas ocasiones, a escondidas, cuchicheando, confabulando. No sé lo que sabría y lo que no, pero, desde luego, no estaba dispuesto a correr ningún riesgo.

Henry dio un paso al frente, temblándole la voz y escupiendo las palabras a causa del rencor.

—¿Todo esto por una herencia? ¿Por qué, tío? ¿Por qué destruir nuestras vidas y nuestras familias por algo tan mezquino?

Sir Edward lo miró con amargura y respondió con voz apagada.

—No lo entenderías. Este lugar... la fortuna de los Garrick... eran míos. No podía permitir que otros me lo arrebataran. ¿Por qué vosotros? ¿Por qué no yo? ¿Qué le hice yo a mi padre para que actuara así conmigo y para que me lo quitara todo? ¿Y a William? ¿Tan mal nos portamos con él? ¡Él era el que se pegaba la vida viajando y demostrándonos constantemente que no le importábamos nada!

Holmes y yo observábamos la escena en completo silencio, hasta que mi amigo decidió intervenir.

—Sir Edward, lo que usted ha hecho ha sido abominable, ha traicionado a su propia sangre. Emily y Henry eran los herederos legítimos y, en su ambición, destruyó cualquier posibilidad de que la familia hubiera permanecido unida. No creo que sus sobrinos lo hubieran dejado desasistido y, actuando así, ahora sí que lo ha perdido todo.

El aludido no respondió. El salón quedó en completo silencio mientras la confesión de sir Edward quedó en el aire, como una pesada losa de culpabilidad. Fue en ese momento cuando Holmes se dirigió a Vanessa, quien no podía dejar de llorar.

—Lady Vanessa, siento que haya tenido que escuchar esto. El sufrimiento que ha soportado ha sido mayor del que nadie debería vivir.

Ella simplemente asintió, sin encontrar palabras para responder.

Apenas media hora después, la policía hizo acto de presencia para llevarse a un sir Edward Garrick que no hizo el menor intento de oponer resistencia. Aunque la familia había sufrido en silencio durante tanto tiempo, por fin estaba en condiciones de liberarse del miedo que la había atormentado.

La despedida de Vanessa

Vanessa se retiró en silencio del salón, con los hombros caídos y el alma evidentemente desgarrada. No pude evitar seguirla, pues sentí que necesitaba algún tipo de consuelo. Holmes había expuesto los hechos con claridad y, por supuesto, lo había hecho con la frialdad que caracterizaba a mi amigo. En cambio, yo no podía actuar así con ella. No, no podía dejarlo así con una persona a la que había conocido hacía tantos años y de la que, aunque me cueste expresarlo, me había enamorado como más adelante también lo haría de Mary cuando la conocí.

La encontré en la biblioteca, de pie junto a una de las enormes estanterías. Su delicada figura casi parecía difuminarse entre los tomos polvorientos. Me acerqué con cautela y toqué suavemente su hombro. Ella se volvió hacia mí, con la angustia reflejada en su bello rostro.

—John —murmuró—, no sé cómo afrontar esto... Me he quedado destrozada. Toda mi vida ha sido una mentira y el hombre que amé y con el que me casé ha resultado ser un monstruo.

—Vanessa —le dije, procurando que mi voz sonara suave y consoladora—, no has tenido la culpa de nada. No tenías ninguna forma de saber hasta dónde era capaz de llegar Edward.

¿Cómo ibas a saberlo? Muy a menudo, las personas esconden su verdadera forma de ser incluso a aquellos que más los aman y lo hacen precisamente para que nadie descubra cómo son en realidad.

Ella asintió y sus ojos azules, empañados de nuevo por las lágrimas, me miraron directamente, como si buscaran en mí algún resquicio de consuelo. No hablaré de lo que sentí en aquel momento.

—¿Cómo se puede vivir con esta verdad, John? —preguntó en un susurro—. ¿Cómo puedo seguir adelante sabiendo que he compartido mi vida con un hombre que cometió tales atrocidades?

Guardé silencio un momento, buscando las palabras adecuadas.

—Vanessa, sé que es difícil, pero créeme cuando te digo que eres mucho más fuerte de lo que crees. Tienes un corazón noble y una belleza que va más allá de lo físico. En Afganistán, cuando nos conocimos, ya llamabas la atención por tu coraje y no será que no tuviste que contemplar escenas horribles, de las que nunca se olvidan. Tardarás, no te digo que no, pero estoy seguro de que, con el tiempo, encontrarás una manera de reconstruir tu vida.

Ella cerró los ojos por un instante, asimilando mis palabras, y una pequeña lágrima rodó por su mejilla. Quise ofrecerle un pañuelo, pero se adelantó, limpiándosela con sus dedos. A pesar de su tristeza, Vanessa seguía irradiando una elegancia serena, una cualidad que tan solo le había visto a ella y a mi amada Mary.

—Aprecio mucho tus palabras, John. Son lo único que me ha traído algo de consuelo a este terrible día y, aunque nuestro reencuentro haya supuesto descubrir esta terrible verdad, créeme que nunca lo olvidaré. —Esbozó una sonrisa triste, pero genuina—. Espero poder encontrar algún día la paz que necesito.

Le di un beso en la mejilla y regresé al salón donde Holmes se había quedado esperándome, sin inmiscuirse en nuestra conversación, intuyendo, como buen conocedor que era de la naturaleza humana, que no debía hacerlo.

Mientras nos preparábamos para marcharnos, Vanessa se acercó a nosotros una última vez, con una expresión en la que la tristeza se mezclaba con la gratitud.

—Gracias, señor Holmes. Nunca podré expresarles lo que han hecho por mí y por mi familia, aunque todo haya acabado de esta manera tan triste.

Mi amigo se limitó a hacer una reverencia y, sin más dilación, abandonamos para siempre la mansión de los Garrick.

El viaje en tren me brindó la posibilidad de reflexionar acerca de todo lo que había pasado. A mi lado, Holmes permanecía en silencio, abstraído como siempre en sus propios pensamientos. Lucía una expresión serena, casi impasible, como si el desenlace de aquel intrincado enigma solo hubiera sido otro desafío de los muchos que su mente superior era capaz de resolver.

Sin embargo, para mí, la experiencia había sido profundamente perturbadora. La historia de las cajas de marfil, aquellas reliquias antiguas envueltas en misterio, superstición y muerte, me había dejado reflexionando sobre la delgada línea entre la realidad y las leyendas que pueden alimentar los temores humanos. Sir Edward había logrado tejer una red de engaños utilizando las supersticiones familiares y la ignorancia de quienes le rodeaban, como un cruel titiritero manipulando a sus marionetas en beneficio propio.

Me volví hacia mi amigo y rompí el silencio.

—Holmes, debo admitir que todo este asunto de las cajas de marfil me ha dejado hundido. La forma en que sir Edward manipuló a su familia, aprovechando sus temores y creencias, revela mucho sobre lo ruin de la naturaleza humana. Me resulta difícil imaginar hasta dónde puede llegar la ambición cuando se aprovecha del miedo y de la ignorancia.

Holmes se volvió hacia mí con una ligera sonrisa, esa expresión que reservaba para momentos en los que valoraba mis opiniones de verdad en vez de tirarlas por tierra.

—Mi querido Watson —dijo, en su tono habitual, cargado de razón y lógica—, la ambición y la codicia son las fuerzas motrices de los actos más oscuros de la humanidad. No hay fuerza más poderosa y destructiva que el deseo de obtener aquello que se anhela. Sir Edward era un hombre consumido por sus propios intereses y dispuesto a cualquier cosa para conservar su poder y sus riquezas y las supersticiones, esas creencias infundadas, no son más que útiles herramientas para quienes saben cómo manipularlas. En el caso de las cajas, no había maldición alguna, Watson. La única maldición era la avaricia de sir Edward, quien no dudó en convertir a su familia en víctimas de un temor irracional que él mismo creó y alimentó.

—Holmes, creo que para la familia Garrick, las cajas representaban algo más que simples objetos. Quizás, sin quererlo, el padre de sir Edward trajo algo más que marfil y madera desde África. Trajo consigo una historia, un misterio... algo que las mentes más supersticiosas no pudieron evitar convertir en una fuente de miedo.

Holmes frunció el ceño y su mirada se volvió crítica.

—Watson, no podemos culpar a un objeto inanimado de las debilidades humanas. Las cajas eran solo eso, recipientes tallados de marfil. Sir Edward las utilizó como herramientas para sus propósitos, pero, en esencia, no eran diferentes de un puñal o de un veneno. El verdadero problema radica en la mentalidad de quienes permitieron que una superstición controlara sus vidas.

Holmes se acomodó en el asiento, cerrando los ojos como si estuviera listo para entregarse a un breve descanso. Sin embargo, antes de hacerlo, se volvió hacia mí una vez más.

—Es curioso, Watson —continuó con un tono más suave—, cómo los seres humanos estamos dispuestos a creer en fuerzas externas y sobrenaturales para justificar nuestras desgracias o nuestros temores. Nos resulta más sencillo atribuir la causa de nuestras aflicciones a maldiciones, a objetos o a mitos, que enfrentarnos a la cruda realidad de nuestra propia naturaleza.

No volvimos a hablar del tema. Cuando llegamos a Londres y bajamos del tren, sentí una calma extraña. A mi lado, Holmes parecía haberse zambullido ya en sus pensamientos, como si se preguntara cuál sería el siguiente misterio al que deberíamos enfrentarnos.

En mi mente, en cambio, la historia de las cajas de marfil se convertiría en algo que sabía que nunca podría olvidar, en especial por lo que había supuesto para mí el reencuentro con Vanessa, mi gran amor durante los tiempos de la guerra de Afganistán.

Don't miss out!

Visit the website below and you can sign up to receive emails whenever John H. Watson publishes a new book. There's no charge and no obligation.

https://books2read.com/r/B-A-IYPMC-NZRIF

BOOKS 2 READ

Connecting independent readers to independent writers.

Also by John H. Watson

Los casos olvidados de Sherlock Holmes
La joven de Hyde Park
La máscara de ónix
Las cajas de marfil

Milton Keynes UK
Ingram Content Group UK Ltd.
UKHW030149051224
452010UK00001B/22